PACIFICATION DE L'INDUSTRIE

PAR L'ALLIANCE

DES PATRONS, DES CONTRE-MAITRES ET DES OUVRIERS

PROJETS

D'UN

CONSEIL DE FAMILLE

de la Typographie parisienne

ET D'UNE

ASSURANCE MUTUELLE

ENTRE LES TYPOGRAPHES PARISIENS

POUR LE CAS DE MANQUE INVOLONTAIRE DE TRAVAIL

PAR

V.-Eugène GAUTHIER

Ouvrier typographe

Membre du Conseil des Prud'hommes (industries diverses), Président de la Société
de Secours mutuels typographique parisienne

PARIS, 30 CENTIMES — DÉPARTEMENTS, 40 CENTIMES

PARIS

LIBRAIRIE DE JONDÉ, RUE DU VIEUX-COLOMBIER, 10

1862

7714

PACIFICATION DE L'INDUSTRIE

DES PATRONS, DES CONTRE-MAITRES ET DES OUVRIERS

7714

Paris.—Imp. Émile Voltelain et Ce, rue J.-J.-Rousseau, 15.

PACIFICATION DE L'INDUSTRIE

PAR L'ALLIANCE

DES PATRONS, DES CONTRE-MAITRES ET DES OUVRIERS

PROJETS

D'UN

CONSEIL DE FAMILLE

de la Typographie parisienne

ET D'UNE

ASSURANCE MUTUELLE

ENTRE LES TYPOGRAPHES PARISIENS

POUR LE CAS DE MANQUE INVOLONTAIRE DE TRAVAIL

PAR

V.-Eugène GAUTHIER

Ouvrier typographe

Membre du Conseil des Prud'hommes (industries diverses), Président de la Société
de Secours mutuels typographique parisienne

PARIS, 30 CENTIMES — DÉPARTEMENTS, 40 CENTIMES

PARIS

LIBRAIRIE DE JONDÉ, RUE DU VIEUX-COLOMBIER, 10

1862

Camp de Châlons, 25 août 1862.

La lettre suivante, que je viens de recevoir, m'engage à publier les deux projets ci-dessous, rédigés dans l'intervalle des séances de la Commission arbitrale, dont j'eus l'honneur d'être nommé membre, il y a quelques mois, par le libre choix de mes Confrères.

V.-Eugène GAUTHIER.

N. B. — Cette publication est personnelle; je n'ai recherché ni la collaboration ni l'approbation de personne; de plus, je la livre au public à mes risques et périls.

V.-Eug. G.

Paris, 1er septembre 1862.

Mon cher Gauthier,

Pourquoi ne livrerais-tu pas à la publicité les deux projets d'association dont tu me donnas connaissance il y a trois mois? Le moment actuel me semble plus opportun que jamais, car la situation de la typographie est tendue encore, et des paroles conciliatrices auraient toute chance d'être écoutées, j'en ai l'intime conviction.

Ne réussirais-tu pas à faire prévaloir tes idées, que ce ne serait pas moins chose excellente de les mettre au grand jour; ce serait la meilleure réponse à faire à deux sortes de gens : 1° ceux qui, ayant peur de leur ombre, trouvent toujours que l'on est trop téméraire dès que l'on s'écarte un peu du sentier battu par tout le monde, et

2º ceux qui veulent aller toujours de l'avant, sans s'enquérir si les autres les suivent. Si les premiers sont des tortues, les seconds sont des lièvres. La vérité pratique est entre ces deux extrêmes : c'est parce que j'ai trouvé cette vérité pratique dans tes deux projets d'association que je leur donne mon entier assentiment.

Courage, ami, ton appel à la concorde et à la conciliation sera entendu et apprécié de tous, s'il n'est immédiatement appliqué. Quoi de plus touchant que de voir juger les différends et les malentendus qui se produisent dans une profession par tous les intéressés : patrons, chefs d'atelier et ouvriers! Aussi as-tu appelé cette réunion à juste titre : *Conseil de famille.*

L'idée d'assurer à tout typographe un minimum de salaire de quinze francs par semaine est éminemment philanthropique : elle ne pourra être combattue que par quelques égoïstes à vue étroite, qui, se croyant assurés à perpétuité de l'emploi qu'ils occupent, ne veulent rien faire pour leurs confrères malheureux. Je les qualifie d'égoïstes *à vue étroite*, parce que, à part du mal qu'ils font en niant la solidarité humaine, ils semblent ignorer que rien n'est moins stable qu'une position d'ouvrier dans l'industrie : le haut et le bas de l'échelle se touchent; aveugle qui ne le voit pas.

La retenue de 1 p. 100 sur le salaire me semble très-fraternelle. Chacun a intérêt à payer le plus possible, puisque c'est la preuve d'un salaire plus élevé. Si l'on a pu dire autrefois avec raison : *noblesse oblige,* aujourd'hui l'on peut dire avec plus de raison encore : *position oblige,* cela est évident.

Les inoccupés de la typographie étant subventionnés par une retenue faite sur leur propre salaire, et la quote-part de messieurs les patrons étant relativement peu élevée, il me semble impossible que ces derniers ne donnent à ton projet plein acquiescement : avoir la certitude que l'honnête ouvrier que l'on ne peut garder chez soi faute de travail, ne tombera pas pour cela dans la misère, doit être pour le patron et le chef d'atelier une pensée consolante et douce. C'est, du reste, un excellent moyen de resserrer entre patrons et ouvriers les liens d'une étroite solidarité, malheureusement trop relâchés aujourd'hui.

Pour toutes ces raisons, mon cher Gauthier, je t'engage à publier tes deux projets d'association et te prie de croire à mon entier dévouement.

VANDRIS.

Paris, 24 août 1862.

PROJET

D'UN

Conseil de famille de la Typographie parisienne

ARTICLE PREMIER. — Il est formé entre les patrons, les protes, les correcteurs et les compositeurs de Paris un *Conseil de famille de la typographie parisienne*.

ART. 2. — Ce Conseil, lorsqu'il est requis par un patron ou son prote et des ouvriers, a pour mission d'expertiser les mains-d'œuvre de la composition ou de la correction, et de statuer, par voie d'arbitrage, lorsqu'il y aura désaccord entre patrons et ouvriers pour l'interprétation du Tarif ou des usages d'atelier.

ART. 3. — Le Conseil dont il s'agit est composé de sept membres :

1° Deux patrons ;
2° Un prote ;
3° Un correcteur ;
4° Et trois compositeurs.

ART. 4. — Une liste de patrons, une liste de protes et une liste de correcteurs est ouverte tous les six mois.

Un tirage au sort est fait parmi les uns et les autres pour régler le roulement de service.

ART. 5. — Les compositeurs éliront dans les ateliers, dans les formes établies par l'art. 44 du Tarif, autant de commissaires qu'en comporte la liste la plus nombreuse, soit des patrons, soit des protes, soit des correcteurs.

Un tirage au sort établira également pour les compositeurs l'ordre de service au Conseil de famille.

ART. 6. — Le Conseil de famille siège à jour fixe dans un local à lui appartenant, et il se renouvelle intégralement tous les mois.

Les réunions ont lieu chaque semaine.

ART. 7. — A chaque séance, la présidence et la secrétairerie sont tirées au sort.

La section investie de la présidence ne concourt pas au tirage de la secrétairerie.

ART. 8. — Les parties qui invoquent l'arbitrage du Conseil de famille de la typographie parisienne acceptent à l'avance sa décision, et, par conséquent, manquent à l'honneur si elles s'y soustraient.

ART. 9. — Lorsqu'une discussion cessera d'être calme et amicale pour prendre un caractère d'hostilité entre les parties, le Conseil de famille devra refuser son arbitrage, et laisser au Conseil des prud'hommes le soin de vider le différend.

ART. 10. — En cas d'absence d'un commissaire dans une section, un membre de chacune des deux autres est désigné par le sort pour ne rester qu'à titre consultatif à la séance, afin de réduire le Conseil à quatre membres délibérants.

ART. 11. — Les décisions du Conseil de famille sont rendues au scrutin secret, et elles ne sont valables qu'à la majorité de quatre voix lorsqu'il est au complet, et de trois voix s'il n'est composé que de quatre membres.

ART. 12. — Nul ne peut être juge et partie dans une affaire.

Dans ce cas, chaque membre se fait remplacer, dans sa section, par le premier commissaire qui doit siéger le mois suivant.

ART. 13. — En cas de force majeure, le membre empêché pourvoit lui-même à son remplacement au Conseil en s'adressant à sa section.

ART. 14. — A la dernière séance de chaque mois, des lettres de convocation seront adressées aux membres nouveaux qui doivent siéger à la réunion suivante.

Ces convocations porteront la signature du président et celle du secrétaire.

ART. 15. — La main-levée de la séance, rédigée sommairement, est lue au début de chaque réunion pour être transcrite au recueil des procès-verbaux entre une séance et l'autre.

Le président et le secrétaire la signent.

Le procès-verbal de la dernière séance du mois est arrêté séance tenante.

ART. 16. — Tous les six mois, avant l'installation des nouveaux Conseils de famille, une assemblée aura lieu pour établir le roulement de service des quatre sections, comme il est dit art. 4 et 5, et pour désigner le bibliothécaire dont il est parlé art. 17.

Cette assemblée est composée des trois personnes les plus âgées et des trois membres les plus jeunes de chaque section.

ART. 17. — Les quatre sections du Conseil de famille, représentées comme il est dit ci-dessus, désignent en commun, tous les six mois, un membre chargé de la surveillance de la bibliothèque, et auquel une indemnité pourra être accordée.

ART. 18. — Chaque patron adhérent verse annuellement *cinq francs* au minimum pour les frais locatifs et autres du Conseil de famille de la typographie parisienne. De plus, il fait retenir aux compositeurs de sa maison, quelle que soit l'époque de leur entrée : 40 centimes à la première banque de janvier; — 40 centimes à la première banque de mai; — 40 centimes à la première banque de septembre.

ART. 19. — L'excédant en recettes sera destiné à l'acquisition de livres et à l'abonnement à des revues ou à des journaux.

Le Conseil provoquera des dons pour augmenter sa bibliothèque ou ses ressources pécuniaires.

Art. 20. — Les membres inscrits au rôle des quatre sections jouissent du droit d'entrée à la bibliothèque.

Aucun livre ne peut être emporté sans avoir été demandé à l'avance et sans autorisation.

Art. 21. — Les patrons et les protes s'adresseront, autant que possible, au bureau de placement de la Société de secours mutuels typographique parisienne pour avoir des compositeurs, et ils devront recommander cette institution de prévoyance à ceux de leurs ouvriers qui y seraient restés étrangers.

Art. 22. — Toutes réglementation, décision, menée, démarche ou tout mot d'ordre contraire aux arbitrages prononcés par le Conseil de famille, sont déclarés attentatoires à la concorde entre patrons et ouvriers, et contraires au bien public de la typographie.

Le Conseil de famille expulsera de son sein tout membre qui enfreindra cette défense; son nom sera affiché pendant un mois dans la salle des délibérations.

Art. 23. — Au premier anniversaire de sa fondation, le Conseil de famille, réuni dans les formes prescrites art. 16, avisera pour l'organisation d'une *Assurance mutuelle entre les typographes parisiens pour le cas de manque involontaire de travail,* assurance à laquelle coopéreraient, administrativement ou financièrement, les patrons, les protes, les compositeurs, les correcteurs, les imprimeurs et les conducteurs typographes travaillant dans l'enceinte des fortifications de Paris.

PROJET

D'UNE

ASSURANCE MUTUELLE

Entre les Typographes parisiens

POUR LE CAS DE MANQUE INVOLONTAIRE DE TRAVAIL

———

STATUTS

———

ARTICLE PREMIER. — Il est formé, entre les patrons adhérents au Conseil de famille de la Typographie parisienne et leurs ouvriers, une institution qui prend le titre d'*Assurance mutuelle entre les typographes parisiens pour le cas de manque involontaire de travail.*

ART. 2. — Sont admis à contribuer à cette œuvre :

1º Les maîtres imprimeurs typographes ;

2º Les protes ;

3º Les compositeurs ;

4º Les correcteurs ;

5º Les imprimeurs ;

6º Les conducteurs.

Les compositeurs, les correcteurs, les imprimeurs et les conducteurs participent seuls aux secours mentionnés à l'art. 18.

ART. 3. — Les imprimeries adhérentes à l'Assurance mutuelle sont divisées en trois classes :

1º Celles dont le personnel dépasse quarante typographes, composent la première classe ;

2º Celles dont le personnel flotte entre seize et quarante ouvriers typographes, forment la seconde ;

3º Celles dont le personnel est d'environ quinze typographes, sont placées dans la troisième.

ART. 4. — Les imprimeries de la première classe sont administrées par trois personnes :

Une choisie par le patron, une seconde par les compositeurs et les correcteurs, et une troisième par les imprimeurs et les conducteurs.

Les imprimeries de la deuxième classe sont administrées par deux personnes :

Une choisie par le patron, l'autre par les ouvriers.

Les imprimeries de la troisième classe sont administrées par une seule personne, désignée par le patron.

ART. 5. — Le bureau est composé comme suit :

1° Un président élu en assemblée générale des administrateurs parmi les patrons adhérents ;

2° Deux vice-présidents :

L'un choisi par les protes et parmi les protes des maisons affiliées à l'Assurance mutuelle ; l'autre est pris par les patrons sur une liste de cinq candidats désignés en assemblée générale par les administrateurs ;

3° Un secrétaire nommé par tous les typographes, y compris les patrons et les protes, sur une liste de cinq candidats désignés par les administrateurs en assemblée générale ;

4° Un trésorier, nommé dans les mêmes formes que le secrétaire ;

5° Un comptable, nommé dans les mêmes formes que le secrétaire et le trésorier ;

6° Cinq auxiliaires élus par les administrateurs sur une liste de candidats présentée par les ateliers, dans la proportion d'un candidat par vingt typographes.

Les imprimeries qui comptent moins de vingt ouvriers typographes sont groupées en une seule section qui prend part aux élections dans les proportions et conditions stipulées ci-dessus.

Le comité central choisit un employé pour tenir le bureau de placement.

ART. 6. — Le secrétaire, le trésorier et le comptable reçoivent une indemnité fixée annuellement dans la première assemblée générale des administrateurs.

ART. 7. — Le renouvellement intégral du bureau a lieu chaque année, dans la première quinzaine de janvier.

Les membres sortants sont rééligibles.

ART. 8. — Le bureau se réunit régulièrement le dernier dimanche du mois pour régler les comptes de chaque atelier avec leurs administrateurs respectifs.

Dans cette réunion, le bureau opère une vérification minutieuse pour s'assurer de l'exécution, par les patrons ou leurs protes, des prescriptions des art. 27 et 28.

Des réunions extraordinaires pourront avoir lieu sur convocation signée du président et du secrétaire.

ART. 9. — Nulle résolution ne peut être prise par le bureau central qu'à la majorité de six voix, qu'il soit au complet ou non.

Les décisions des assemblées générales sont exécutoires à la majorité absolue.

Art. 10. — Il y a deux assemblées générales des administrateurs par année, sous la présidence du bureau central :

L'une est tenue au commencement de janvier ;

L'autre au commencement de juillet.

Il y est rendu compte des opérations semestrielles de l'Assurance.

Art. 11. — Le dernier dimanche du mois, les administrateurs de chaque atelier vont régler leurs comptes au bureau central.

Si les dépenses ont excédé les recettes, le trésorier rembourse aux administrateurs les avances faites par le patron (voir art. 20).

Si les recettes ont dépassé les dépenses, l'excédant est encaissé séance tenante.

Art. 12. — Chaque semaine, il est publié et distribué, le mardi matin, un petit bulletin imprimé portant, dans l'ordre des déclarations d'inoccupation, le nom et l'adresse des ouvriers typographes sans travail.

Ce bulletin indique d'une manière permanente les administrateurs d'atelier.

Art. 13. — Un état de caisse est publié à la fin de chaque mois.

Tous les six mois, en janvier et en juillet, cet état de caisse est accompagné d'un tableau des opérations semestrielles, avec indication des sommes payées à chaque ouvrier typographe et celles reçues de chaque maison.

Cette publication mentionne les patrons et les protes qui ont mérité les honneurs décernés par l'art. 34.

La date de la mise à l'ordre du jour y figure aussi.

Art. 14. — Les imprimeries adhérentes prélèvent 1 p. 100 sur le salaire de tous leurs ouvriers typographes, qu'ils soient à demeure ou accidentellement dans la maison.

Ce prélèvement est versé, le lendemain ou le surlendemain de la banque, entre les mains des administrateurs de l'atelier, et le chiffre en est inscrit à la page des recettes du livre de caisse de l'atelier.

Art. 15. — La contribution des patrons est, au minimum, de vingt-cinq centimes par an, pour chaque typographe qu'ils emploient.

Moitié de cette contribution est soldée entre les mains de l'administrateur de la maison, le dernier dimanche de juin ; l'autre moitié est réglée de la même façon le dernier dimanche de décembre.

Aux deux époques, le chiffre de cette contribution est porté à la page des recettes du livre de l'atelier.

Art. 16. — La cotisation des protes est volontaire.

L'Assurance accepte tous les dons qui lui sont offerts.

Art. 17. — Les typographes travaillant dans une imprimerie affiliée à l'Assurance sont munis d'un carnet sur lequel les administrateurs portent, en toutes lettres et en chiffres, les sommes qui leur sont payées à titre de subventions pour manque involontaire de travail.

Ce carnet doit être exhibé aux administrateurs, à première réquisition lorsqu'il s'agit pour eux de remplir les obligations prescrites par les art. 27, 28 et 32.

ART. 18. — L'Assurance mutuelle accorde ou complète quinze francs par semaine aux ouvriers typographes atteints par le chômage partiel ou total.

ART. 19. — Les ouvriers typographes, nouveaux venus dans la capitale, ou ceux qui y reviennent après une absence de plus d'un an, n'ont droit à la subvention qu'après trois mois de séjour à Paris et lorsque leur carnet accuse une retenue de douze francs.

Les ouvriers absents de Paris de neuf mois à un an sont soumis à un noviciat de quatre-vingt-dix jours, et ont dû subir une retenue d'au moins douze francs.

Ceux absents de cinq à huit mois subissent un noviciat de soixante jours, et doivent avoir supporté une retenue d'au moins huit francs.

Ceux absents d'un à quatre mois font un noviciat de trente jours, et doivent avoir subi une retenue d'au moins quatre francs.

Tout mois d'absence commencé compte comme mois entier.

ART. 20. — Le paiement des journées d'inoccupation a lieu les jours de banque dans les ateliers, et tous les samedis, de huit à dix heures du soir, au bureau central.

Lorsque les fonds provenant des prélèvements sont insuffisants pour faire le service des subventions dans une maison, le patron fait des avances aux administrateurs, et ceux-ci les lui remboursent le lundi qui suit le dernier dimanche du mois.

ART. 21. — Les inoccupés rendent les cachets en touchant leur appoint.

Ils signent un reçu de toutes les sommes qui leur sont délivrées.

Ces reçus sont produits à l'appui des sommes déboursées par les administrateurs.

Ils sont numérotés et classés aux archives du bureau central, par ordre alphabétique des participants, de façon à pouvoir toujours se rendre compte des sommes payées à chaque ouvrier typographe en chômage.

ART. 22. — L'ouvrier qui néglige de se présenter soit à l'imprimerie, soit au bureau de placement, pour recevoir son cachet d'inoccupation, perd la subvention le jour où cette négligence est commise.

ART. 23. — Dès qu'un ouvrier est inoccupé dans une imprimerie, il doit le déclarer à l'administrateur, et au besoin il doit s'adresser au prote pour réclamer du travail.

Si la besogne manque, il fait sa déclaration de chômage à l'administrateur.

Celui-ci indique le jour et l'heure auxquels le chômage commence et finit.

ART. 24. — Tout ouvrier typographe qui aura fait une déclaration de chômage mensongère est suspendu pendant un mois de son droit à la subvention, tout en subissant la retenue.

A la récidive, il est exclu de l'Assurance.

ART. 25. — Si, de l'avis de l'administrateur ou du prote, un travail est attendu, l'inoccupé ne doit pas s'éloigner de son atelier.

S'il est convaincu d'avoir laissé échapper un travail quelconque par sa faute, il perd ses droits à la subvention pour la journée.

Art. 26. — Un ouvrier typographe ne peut être embauché pour moins de trois jours dans un atelier, pendant lesquels il lui est garanti dix heures de travail par jour.

Ce n'est qu'à dater du quatrième jour qu'il est en droit de s'inscrire, s'il y a chômage, pour obtenir l'appoint dont il est question art. 18.

Art. 27. — Lorsque l'arrêté de comptes des administrateurs accuse, à la fin d'une semaine, un appoint de plus de dix francs en moyenne par ouvrier, le devoir du patron ou de son prote est d'envoyer sur-le-champ, au bureau de placement, la liste des ouvriers qu'il met à la disposition des autres imprimeries.

L'employé du bureau de placement doit noter le jour et l'heure de l'arrivée de cette liste.

Art. 28. — L'ouvrier typographe mis par son patron sur la liste des ouvriers disponibles doit se rendre, pendant trois jours, à dix heures du matin, auprès du prote ou de l'administrateur de la maison dans laquelle le travail lui a manqué.

S'il n'y est pas retenu par la besogne, l'administrateur lui délivre un cachet, et aussitôt il doit se présenter au bureau de placement pour connaître l'état des demandes d'ouvriers.

Après les trois jours dont il s'agit au premier paragraphe du présent article, l'ouvrier se borne à aller aux informations de travail au bureau de placement, de dix heures à midi.

Art. 29. — Dans l'espace de deux semaines ou de douze jours ouvrables consécutifs, l'Assurance ne peut accorder plus de quinze francs d'appoint aux inoccupés dont les patrons auraient négligé de remplir les formalités prescrites par l'art. 27.

Si le temps de chômage de l'ouvrier typographe produit plus que cette somme, le surplus en est à la charge de l'ouvrier ou à celle du patron, s'il y a eu convention.

Art. 30. — L'inoccupé devra se présenter, dans les douze heures, à l'administrateur ou au prote des maisons inscrites au livre de renseignements comme demandant des ouvriers, sous peine de perdre tout droit à la subvention pour la semaine courante.

Ce paragraphe s'applique aux ouvriers typographes auxquels on envoie un avis écrit.

Ceux qui sont prévenus verbalement doivent se présenter dans un délai de deux heures.

Dans les deux cas, l'employé du bureau de placement prend note, soit du moment où l'avis écrit est expédié, soit du moment où l'avis verbal est donné.

Art. 31. — L'ouvrier typographe employé accidentellement dans une imprimerie doit en avertir par lettre le bureau de placement.

Dans cette circonstance, le patron et l'ouvrier doivent se conformer à l'art. 26.

Art. 32. — Le maximum du nombre de jours de chômage, dans une période de quatre-vingt-onze jours, ne peut dépasser soixante-cinq francs.

Art. 33. — La journée est comptée de sept heures du matin à sept heures du soir du 1er avril au 30 septembre, et de huit heures du matin à huit heures du soir pendant les six autres mois de l'année, déduction faite de deux heures pour les repas.

Art. 34. — Tous les six mois seront mis à l'ordre du jour de l'assemblée générale les ateliers qui auront payé le moins de chômage, relativement aux moyennes tirées de l'ensemble des subventions accordées.

Le travail de statistique sera fait pour les trois classes d'imprimeries affiliées prises séparément.

Lorsqu'une maison a été mise trois fois à l'ordre du jour, le bureau central la propose à l'assemblée générale pour une récompense honorifique dont le choix sera arrêté ultérieurement.

Art. 35. — L'ouvrier typographe quittant une imprimerie affiliée à l'Assurance mutuelle pour entrer dans une maison qui ne l'est pas, peut demeurer membre participant.

A cet effet, il inscrit, d'une façon exacte et consciencieuse, son gain de chaque semaine sur un carnet délivré spécialement pour cet objet; et il porte, à chaque banque, au bureau central, la contribution à laquelle il est soumis comme affilié à l'Assurance.

En cas de manque de travail, il relève du bureau de placement.

S'il est convaincu d'avoir fraudé dans sa contribution, il est expulsé de l'Assurance, avec mention au bulletin hebdomadaire, et ne pourra y rentrer qu'en faisant six mois de noviciat avec retenue.

Celui qui est simplement coupable de négligence est rayé des contrôles après un mois d'abstention aux recettes; il ne peut rentrer dans l'Assurance qu'en faisant trois mois de noviciat avec retenue.

Art. 36. — Les ouvriers typographes âgés de plus de soixante ans, dont le salaire ne s'élèvera pas à douze francs par semaine, pourront recevoir un secours de vieillesse, variant de trois à six francs par semaine, selon la durée de leur contribution à l'Assurance.

Ces secours ne pourront être délivrés qu'après enquête du bureau central, approbation de l'assemblée des administrateurs et cinq ans révolus de retenue 1 p. 100.

Les secours cessent lorsque l'ouvrier typographe est incapable de travailler.

L'enquête dont il est question au deuxième paragraphe doit porter sur six mois de travail, prouvant un salaire inférieur à douze francs par semaine, en moyenne, en tenant compte des maladies.

Art. 37. — Lorsqu'un besoin de bras se manifestera dans un atelier, autant que possible le patron, le prote ou l'administrateur devra immédiatement en informer le bureau de placement.

L'employé préposé aux demandes d'ouvriers, au bureau de placement, devra inscrire le moment auquel les demandes sont faites.

Les ouvriers les plus anciennement inscrits au rôle des inoccupés profiteront les premiers des demandes formulées dans les circonstances indiquées ci-dessus.

L'inoccupé sorti d'un atelier, qui se refuse à travailler dans une maison où il peut être embauché, perd ses droits à la subvention, sauf appréciation des motifs par le bureau central.

ART. 38. — Les patrons, les protes et les administrateurs sont priés d'inviter les ouvriers de leur atelier à faire partie de la Société de secours mutuels typographique parisienne.

A la fin de chaque trimestre, l'administrateur devra s'assurer de leur présence sur les registres.

ART. 39. — N'ont pas droit à la subvention de chômage :

1° Les malades ;

2° Ceux qui, étant sur un ouvrage en souffrance, refuseront de travailler en coup de main sur un autre ouvrage;

3° Ceux qui seront remerciés pour inconduite ou incapacité notoire, ces cas relevant du bureau central.

La privation de secours motivée par l'application des deux derniers paraphes ne peut dépasser six jours ouvrables.

ART. 40. — La dissolution de l'Assurance pour le manque involontaire de travail ne pourra être prononcée qu'à la majorité des trois quarts des membres participants. La forme de ce vote sera fixée par le bureau.

cement,

profite-
liquées

son où
on des

priés
ecours

leur

ailler

, ces

ara-

e de
em-

Paris. — Imp. Emile Voitelain et C⁰, rue J.-J.-Rousseau, 15.

www.ingramcontent.com/pod-product-compliance
Lightning Source LLC
Chambersburg PA
CBHW061414170626
46811CB00005B/1995

* 9 7 8 2 0 1 9 4 7 6 0 6 9 *